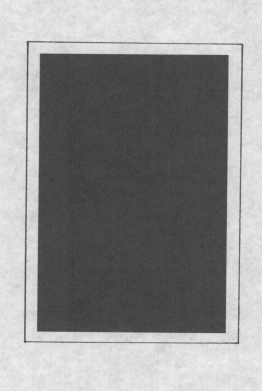

歌集

赤鉛筆、父、母……。

綿田友恵
Tomoe Watada

皓星社

目次

装画 = 田中佐知男《とびしまサンセット》

旅立ち

忘れてた父への旅を誘いしは「あしたのジョー展」二枚の切符

「ボクシングやるか」「やります」仙川の大衆割烹居酒屋「越路」

涙橋の下ではないが熟女パブとラブホの見える裏道にある

西日暮里、ＳＲＳボクシングジムへ入門

扉を開けた瞬間だった目の前にブルーの海の四角いリング

乱雑に並んだシューズ、グローブとサンドバッグと血と汗の夢

居酒屋に挟まれているガード下の空は気ままに切られたかたち

バンテージ入れたリュックで駅前の黒服の前すり抜けていく

シャドーとは鏡の中に己ではない敵を見る獣の眼《まなこ》

殴るのは遠く故郷の病院のベッドの父を許さないため

母はカブに乗り新聞配達

殴られて仰向けに見た網戸越しスローモーションで過ぎていくカブ

母が頸打たれる音を聞きながら男はすべて滅べと思う

被害者は加害者でないと言えますか話し出すとき声は掠れて

怒らせないコツを摑んでわたしだけ父の車の助手席に乗る

つつじの頃ふたり花咲く公園でとった写真はいまどこにある

「翼の会」ボランティアしていた父は　飛び立つことなく生涯無職

サンドバッグに向かい合う時笑み浮かべあの日の思い出が溢れ出てくる

ロープ飛ぶリズムに心は膨らんで反復という人生がある

フォームにも呼吸にも人ごとに癖ありて通りし競技を思う

トレーナーの伏せる瞼の縫い跡にプロで過ごした十年がある

練習が終わってスーツで帰りゆくひとりひとりの修羅を隠して

ジョーのその後の話をしよう金と銀の紙とボトルでできたトロフィー

I

海沿いの町

悲しみは他人事みたいに遠くって雪の降らない海沿いの町

「帰ってもええことないね」の口癖に「そんなことない」までがセットで

ぎこちないにわとりの声に目覚めれば少女のごとき母の影絵は

干したての洗濯物をかき分けて母におねだりしていたあの日
折れたジップの代わりにしている金色のビニールタイが揺れるベランダ

仰ぎ見た星の多さに息を止め落ちないように足を踏ん張る

車窓越しに輝く冬の海がある　離れるときの町はきれいだ

冬波の欠片

二〇二三年とともに幕を引く微笑と耳に残る목소리《ナんゥヒ》

목소리（モクソリ）＝声

好きな人はすぐ消えるからアクリルのスタンドにして閉じ込めている

「本のセンセ」と呼ばれていたる日々のまま何も知らないわたしでいたい

老年を母はそのまま生きていてわたしは娘ねえお母さん

手をとってあげればいいと頭ではわかっていても早足でゆく

譲られた電車のシートに微笑めば小鳥のような伯母と母です

一生をひとりの伯母の枕辺のひかりに沈む洋燈《ランプ》の造花

不便なら不便をそのまま受け入れて風待ち潮待ちの島に鳴く鳥

電気コードも割れた漆器も抱かれて水面は冬の光になった

しまなみにもとびしまにも取り残されて美しきかな橋のない島

怖いほど誰もいなくて目の前にひとりのための砂浜がある

Sisterhood

母からの電話を受けてカーテンを開けた下界に雪降り積もる

蜃気楼の海の向こうの工場群ともに育っても謎めく姉は

逃れ来て足を畳んで眠ってた　わたしとよく似た顔もつ他人

耳と舌のピアスの数の苦しみを燃やしては咲くオレンジの百合

刺すように言葉を投げたあといつも言えないでいるごめんねがある

これも甘えの一種だろうか妹で遠い人には優しいわたし

肝心なことは隠してしまうから虫食いだらけの家族史になる

母の抱く願いは固くささやかで財布にあふれるポイントカード

毀れたる器のようだとふと思うシャワーで髪を洗う暁《あかとき》

不在ゆえのうそ寒きもの　プラスティックカップに米を掬う朝ふいに

トイレットペーパー　石鹸　歯磨き粉　洗濯の水に光満ちるな

振り切ったつもりでいてもどこまでも追いかけてくる水よりも濃い……

早咲きの桜の落ちるアスファルト淡雪溶けて濡れている朝

II

灯は燻る

母方の祖父は丹後の生まれ

徴兵を免れてきて故郷の丹後の海に似た湾の町

被爆者手帳使わぬ祖父は国からの補助さえ生きる恥とするらし

爆心地から三十一キロその朝《あした》、洗濯をする祖母が見た雲

八月六日午後五時列車で出発、深夜広島に入る

安芸津町警防団の一員として見たものを祖父は語らず

焔《ひ》を前に叫んで狂う乙女あり警防団長の手記は乱れて

泣き声も夜更けと共に弱くなりまもなく尽きてしまいし命

陽炎の立つ線路沿いケロイドのかおもつ人の日傘の白さ

蛆虫のおかげで私は助かった腐った肉を食べてくれたの

海上にいま撃たるると大叔父は蒼き顔もて玄関に立つ

贅を好む大叔父のものとは思われぬ壊れた時計のみ帰りくる

戦時中は汽車の窓閉め行きすぎた地図にない島　ウサギは飛びぬ

イペリットという名のガスに眼球を歪めて死んでいた子の写真

大久野島に動員されし友人の祖父は気管支生涯病みぬ

陽が落ちたのちに見えてた島の灯のように今でも燻るものよ

七十年後の爆心地より

カヌー二艘川の上より下りきてみどりの水面に浮かぶ花束

デモ隊も異郷のひとも静まれり一分間でまなうら燃える

リヤカーの青年が来て原爆の子の像の前しばし佇む

警官らの目が注ぐ道あるきゆくスーツケースに爆薬あらず

「真実が書いてあります」手から手へ仰向けば太陽が眩しい

高校生の差し出す紙に署名する罪をもたない人の貌《かお》して

花火

アスファルトに硬く孤独な音ひとつ声も上げずに蟬は夜死ぬ

土に埋まったままでよかった蟬のごとく始まるものをもてあます夏

孵化を損ねて縮れたままで乾く蟬　生きようとする者は厳《いつく》し

顎《あぎと》より汗したたりてわが頬に痕を残した冷たい花火

逢う度に行き先のない船にのる　岸辺は見えるまだ見えている

この海と違う匂いを知っている弱、弱、弱のあとの大波

細いとは比べるもののある故かあなたが締める不揃いの首

タールの海までわたしと逃げてくれますか　指先遠い傍《かたえ》のあなた

愛を知らぬ子供等のした発明は何にも名前をつけない世界

III

錆びた自転車

潮風に錆びた自転車いまはなき母を逃れてこの街をゆく

眼窩には氷の痛み　シベリアンハスキーの瞳のどちらが義眼

裏庭の枇杷の実を喰むハクビシンのようにわたしも許されていた

父にはてんかんの発作があった

箸を止め記憶が飛ぶと父はいう漂流物のゆきつく岸辺

私から遠ざかりゆく父の背の　見知らぬ老いが自転車を漕ぐ

単線の窓から我が家が見えるとき参観の日の母面映し

蚕眠る祖母の家にて在りし日につつしむことを母は諭しぬ

言葉とは暗みの窓の縁にいていつまでも飛びたてない小鳥

ラ・マンには会えないけれど映画観て街を歩いて音楽を聴く

われのみの黙劇とせんベランダで醜紋の蛾が朽ちてゆくのを

すこし首傾げしときに耳は鳴り　並行世界指先に触る

地下鉄に積累の人、顔、身体、までの自画像の半身かくす

見知らぬ人の肌の感触　イヤホンのヴォリュームを上げて遠ざけてゆく

いくつもの人生保管資料館手に染みついた小銭のにおい

待ち合わせに遅刻する癖は変わらない夢より遠くとおく離れて

われもまた何かを求めてここに立つ豆腐屋のさきに群がれる鳩

何もかも新しくなる街にいて　どこかへ帰りたくなる夕焼け

曲がり角

遠き川光って人は助からぬほどの高みになぜ行きたいの

黒い糸で縫い潰しても我を見る動物たちのガラスの目玉

かごめかごめくるくるまわる影灯籠われの名だれも知ることはなく

私有林に蟬鳴くころの木々の揺れ我のこころのたてるさざなみ

腐葉土に肢ながき蜘蛛息ひそめ巨大な蜘蛛になりて我らは

手折られし赤、白、紅の山つつじ　暑いと云えば色を増す花

明け方の夢の続きに溺れゆきあなたの赤い唇の花

凶報は女の声でやってくる遠い故郷の局番からの

昼の事務所に目撃者なし　水槽を泳ぐアロワナ口結びたり

何となく不穏なる秋の夜に擦れ違う無灯火の自転車

時満つるほどに痩せてはまた肥り　月の光と陰のような父母

竹林に木漏れ日揺れる永遠よ　綿毛となりてわたし漂う

いつの日かあなたがきっと書き継いで越えられなかった夕焼けのこと

母と枕を並べて夜を蛇行せり泡にまみれた子供らと逢う

我イマダ持ツコトモナク生キテオリ愛ナドトイウ高級品ハ

若く死んでしまった人の本を読む夕べに雨は音もなく降る

後悔が湧く夜なるか焼酎のグラスに泳ぐ赤唐辛子

『シアンクレール今はなく』川俣水雪

ラ・フランス転がった先　風のように鎖骨をさっと撫でていく指

『満洲残影』冨尾捷二

生まれきて出会える不思議語らんか仙川駅のソメイヨシノよ

知らない路地

見えない人は見ていないだけそう言って東京の空友が見上げる

唇は奪うものだと知った日の予報はずれに降ってきた雨

寄り添えばタバコの煙に毒される痛々し君の冬の黒髪

夕方の無意味な嘘も善行もわたしのなかで壊死するきおく

空《から》の殻を捨てるみたいに片方の手だけで握り潰してみせて

少女期の風葬である青空に風船放つやわらかな襞

胸骨もあらわなる女　ふと昔触れたことのある琴の弦鳴る

妄執は五月六日の生まれゆえトムとハックになれず絡まる

弦が切れ潔白の耳にこおれる身、月はみている　我らふたご

花盗人　月の裏側に棲む女あなたの背広ハンガーが着てる

呼びかけて振り返らねども我もまた女であればきみを受胎す

貌無女と幾重のきみが愛交わし　病む柊木に包帯を巻く

寄りかかるあつき胸板広き手は守るかのごとく乳房被えり

乳房奔る青き血の道闇に浮かび爪立ててなぞる冷えた一指

太陽の子宮めがけて伸びてゆくシベリアヒナゲシの群れてた蕾

風荒き土地に住まいて故郷は風なき町と隔たりて知る

わけもなく帰りたくなる夕方にお祭りの前の匂いがしたら

長き長き子供時代にいまだいて誰も許せず裁けずおりぬ

ひとりの夜にいでしまぼろし肋骨の浮きし人みな我の母かと

アスファルトに雨粒は落ち片翅だけ羽ばたいている昼の蝶々

コーヒーチェーンのネオンに夜毎照らされて夏の名残の仰向けの死は

横たわり故郷の父を語るときわれの眼かすかに火の色帯びて

プールの底照らされており旧き友に赦される夢より覚める朝《あした》に

夕方をどこまでも追いかけていく知らない街の知らない路地を

IV

ドライブ

あんたに初めに言うと受話器越したったふたりの姉妹と思う

ひとつだけ謝らせてと強い声　炎のような姉もかなしき

もの哀しいメロディばかり口ずさみ予感していた初夏の助手席

海水浴に行く道だった父さんが白い大きな犬轢いたのは
母のこと尋ねざりしも幼さゆえチョコレートを口に含みて微笑んでいる

足音が近づいてきて俯いたまま聞いていた母の頸筋

心臓は結合組織の袋だから潰れて破れたなんて気のせい

父親の腕の乳飲み子ついに声を聞かざりたれば聖なる人よ

助手席の午睡そのまま醒めないでいつも工事をしていた道路

砂利道のカーブの続く下り坂で「諦めようか」と母の声する

泣かぬことを教えてくれし母といて深海の底のごとき自動車

「考えんことよ」と母はこの地球《ほし》の廻れるわけを教えてくれる

息を吸いつづけるだけの深呼吸わたしきょうからとうめいになる

私たち離れることを生きている　宇宙が広がりつづけるいまも

見えない凶器

肌を刺すきみは見たことがないだろう　鉄路に咲いた白いタンポポ

紺色のスクールバッグに入ってる姉のタバコと細いライター

「お姉ちゃんは無茶苦茶じゃけどあんたからの言葉の方がきつい」と母は

ぶつける先を知らない気持があふれ出し包丁を手に当てて息する

口論の果てに夜更けに飛び出ても翌朝のため眠りし母は

十月のみぞれふる空上着などなくても少しも寒くなかった

行く場所もお金もなくて昂りが鎮まるまでをただ歩いてた

家中が寝静まっても瞑らない母の義眼が電灯うつす

「お母さんもお母さんがいたらなあ　話を聞いてもらいたくなる」

この歌で美空ひばりは泣くのだと母でない日の春の目をする

実よりも二十も若い歳を書き何食わぬ顔している母よ

嬰児に乳ふくませて我が姉の片肌さらし母となれるを

対岸に夕陽は沈み庭先のポストに小さき鯉のぼり泳ぐ

幼子に手を引かれつつわれら踏みしだいてゆけりカラスノエンドウ

口開けたまま立ち尽くす　我は五月の鰓呼吸するこいのぼり

浜辺きて水切り遊びする我の　拾っては投げる母の破片を

街並みのわずかに色を変えしときを薄暮とわれに教えし父よ

ついにひとりの友さえもたずわれの名を友と名付けてふたりは老いる

一生をひとつの町にて暮らすことすれ違う人みな顔見知り

V

鉄砲玉

父さんは鉄砲玉よ　幼き子の口に女は飴を含めり

数珠玉をかき分け進む冒険の河原にあった猫のされこうべ

カブトエビ捕らえる指の素早さは記憶にすら摑めぬカブトエビ

対岸の父がもぎとる硬き実の幼きわれより小さき無花果

あるだけのパラソル展《ひら》く庭の基地パラソル柄の光満ちたり

サンタクロースは母だった

サンタクロースが一度だけ来た父さんに煙草　私に赤い鉛筆

背を向けて足早にゆく父の手を七つの我は摑もうとする

音量の高きテレビの前にいる父の瞳のなかの血溜まり

自ずから伸びるにつれて狂いゆく燃え立つゴッホの糸杉の父

われとともに部屋の片隅に息づいて父の愛でし灰色の猫まもなく逝きぬ

梅の実

もう一度家族で会うのが夢という　いつからかちゃん付けで呼ぶ父

故郷から届く手紙は破らない便箋のうえで破れた言葉

戦争と祖父の話を聞けぬまま父さんは父さんでなくなる

交番に保護された父の歌う声　怒ってないで笑うならいいよ

お父さん、私ボクシング始めたよ　脳が揺れるほど殴ってみたい

娘として過ごした庭は遠く在り父の脳《なずき》にみのる梅の実

コロナ禍の入院だったオンライン面会なるもの勧められおり

「酸素マスクを外しましょうね」画面越し「お父さんも手を振っていますよ」

覚悟告げる医師の言葉はメール越しついに一度も病後に会わず

呼吸器に繋がれ薄く目をひらく「また会おうね」と思わず言った

白布かけ横たえられている父に寒々とわれら離れて座る

横たわる旅装束の額に触れ初めて気づく祖父に似しこと

焼場から故郷の海を眺めおり父のない子になってゆくとき

死んじゃった父の遺影は優しげでいい人みたいで涙が出そう

もう振るう手持たず平たい写真ならどんどん好きになるお父さん

明日捨てる椅子にもたれて映画観る死などひとつもわからないまま

VI

青崎さんの家

私が小学校二年のとき母が買ったのは、青崎さんというおじいさんが住んでいた家だった。

庭先の畑のなかに泥だらけで捩れる本や散らばる陶器

末娘の丈の高さにロープもて舵輪のごとき鏡を吊るす

新しいクラスメイトが順番にグローブジャングル回してくれる

あの家で肝試しした帰り道に隣のあの子が囁きにくる
どこの子と尋ねる人は「青崎さんの……」そこから先は誰も言わない

夜毎くる稲妻の夢　日の射さぬ家とまもなく母が言いそむ

すりガラス越しの夜毎の劇場を耳を塞いで姉と見ていた

門限のサイレンすぎて叩かれない言い訳探して歩く田圃道

冷蔵庫で割引シールを腐らせる失敗ばかりの母の買い物

青崎さんが縊死した家だと知ったのは、居住十年を過ぎてのこと

思い出は記憶を換える首吊りの輪っかの形に垂れたビニール

御不浄の水渦巻いておねえさん行方不明になって三十年《みそとせ》

木瓜の花主人のいない庭に咲く今年も赤い肉の色して

向組《むかいぐみ》、土居谷《どいだに》、地図にない呼び名　緑ヶ丘なる場所で思うは

あの家にたった一回来た客は扉を叩く風の音だった

配達に出て行くカブのエンジン音寝たふりをして聞いていたんだ

新聞の配達終えて立ったままコーヒーに大福食べている母

てんかんの発作を起こし唸り声上げて座椅子をずり落ちていく

洗濯物干してる母の元に逃げ手伝わないで箱座りする

夾竹桃の濃き桃色の花咲いて高々鬼の校庭のすみ

買ってもらえなかった
電子手帳をクラスの女子はみな持ってその桃色に秘密は宿る

おおきくなったら一緒に住もう繰り返し砂に書いては考えた姓

校庭の砂に一緒に描いた夢がわたしをいまも走らせている

引き潮の半分泥に埋もれた自転車白き貝殻芽ぐむ

父さんが帰ってきたら散り散りに蜘蛛の子みたいに逃げていく子ら

先生が直した姉の作文に涙が出たと級友《とも》の母くる

まだ語る言葉を持たず昼休み代わりの声を探す図書室

私《わたくし》と他人《ひと》との違い知りそめし少女は部屋に祭壇をもつ

曲線に光躍れり横たわる後頭部こなごなのヴィーナス

波音の記憶に建ちてしずかなり登るためにある非常階段

夕暮に洗濯物が揺れているような淋しさわたしは生きる

一紙ずつビニールかけているだろう母の帰りの遅い雨の朝

跋　サンタクロースは、母さんだった

福島泰樹

綿田友恵の生まれは、広島県豊田郡（いまは東広島市）安芸津町三津。家は、呉線「安芸津駅」から徒歩十分。三津は低山に囲まれた海沿いの町で、ジャガイモ、枇杷、牡蠣の名産地として知られ、その歴史は旧く、酒造りの町としても名高い。瀬戸内海を一望する正福寺山公園の桜、七月の祇園祭の大名行列は人のよく知るところである。

悲しみは他人事みたいに遠くって雪の降らない海沿いの町
裏庭の枇杷の実を喰むハクビシンのようにわたしも許されていた
家中が寝静まっても瞑らない母の義眼が電灯うつす
対岸に夕陽は沈み庭先のポストに小さき鯉のぼり泳ぐ
夾竹桃の濃き桃色の花咲いて高々鬼の校庭のすみ
父さんが帰ってきたら散り散りに蜘蛛の子みたいに逃げていく子ら

故郷は温暖な風光の場ではなかった。雪の降ることのない海沿いの町、赤い郵便受に差した竹の枝に括られ、精一杯に口を開けて泳ぐ小さな鯉……。はたまたハクビシン。

綿田友恵が、東京をではなく、十代の終わりまでしかいなかった故郷を、母、父、姉、家を歌い続けるのはなぜか、幼年時が、いまだ切なく疼くのはなぜか。母よ、今宵も目を見開いたまま眠りを貪っているのか。

1

その頃私は、日本大学芸術学部文芸学科で「詩歌論」の講義をもち、「文芸実作」と「文芸研究」の二つのゼミを担当していた。「文芸実作」では、短歌を指導。レジュメにこう記した。〈灰燼に帰した戦後の荒野から前衛短歌を創出した塚本邦雄、「乳房喪失」の中城ふみ子、「私性の拡散と回収」を創出した寺山修司、三島由紀夫によって「現代の定家」と謳われた「未青年」春日井建、60年安保の暮、敗北死した学生歌人岸上大作ら現代短歌の学習と実作指導（批評と添削）を通し、君を危険な歌人に育て上げる。〉

この呼びかけに応えたのが、当時十八歳の小松剛であった。ほどなく私は、彼の才能を見込み「江古田短歌会」の創設を命じた。いや、委嘱したと言おう。私の役目は、歌会のための教室を確保することであった。内藤寛、渡辺恒介、桜田陽介、野口綾子らの中に、綿田友恵がいた。二〇〇七年、小松は、戦後大学短歌会の決定版ともいうべき、野心に充ちた実験歌誌「江古田短歌」を創刊させた。

綿田友恵は、初めての作品発表の場に、「鏡よ、鏡」と題する三十首を一挙発表した。

少女期の風葬である青空に風船放つやわらかな襞
妄執は五月六日の生まれゆえトムとハックになれず絡まる
曲線に光躍れり横たわる後頭部こなごなのヴィーナス
乳房奔る青き血の道闇に浮かび爪立ててなぞる冷えた一指

その清楚で清らかな眼指をした寡黙な少女の風貌とは異質の、どこか投げ遣りで、頽廃の匂いのすることれらの歌に、喝采を送る私がいた。だが、次のこれらの作に、違った印象を受けた。

そう、この人は、故郷《ふるさと》と共に呼吸し、故郷を抱えて生きているのだ。訴《うた》わずにはいられない、これらの歌たち。

口開けたまま立ち尽くす　我は五月の鰓呼吸するこいのぼり
浜辺きて水切り遊びする我の　拾っては投げる母の破片を
背を向けて足早にゆく父の手を七つの我は摑もうとする
アスファルトに雨粒は落ち片翅だけ羽ばたいている昼の蝶々

人は、五月の空、風に吹かれる鯉幟に、「鰓呼吸」など想起するだろうか。だが、作者は風を入れ込む鯉幟と同じように、空を見上げ口を精一杯開いて立ち尽くしているのだ。水切りの石然り、母が背負い込んでいる一つ一つを母に代わって海へ投げ捨ててやる、というのか。三首目の歌は、明らかに異様だ。七歳の幼女に歩幅を合わせず、背を向けたまま逃げるように先に進む父、必死に父を追う幼女。そして、四首目、片翅はアスファルトに張りつき片翅を羽ばたかせる昼の蝶々。この美事な措辞をもつ一首に作者は何を託そうとしたのだろうか。

2

世田谷文学館で開催されていた「あしたのジョー展」に私が誘われたことが機縁となり、西日暮里にあるSRSボクシングジムへ綿田が入門したのは、三年前の二月。ジム会長は、私が「悲劇の驍将」と名付けた元東洋ライト級王者坂本博之。福岡県田川市出身で、幼少時両親が離婚により、貧しい知人の家に預けられる。食事は学校の給食のみ、弟とザリガニを捕って飢えを凌いだ。弟が栄養失調で倒れ、虐待が発覚。児童養護施設に入れられてボクシングに出会った男だ。現役時代から、「こころの青空募金」を立ち上げ、児童養護施設への支援活動を精力的におこなっている。序歌中、《ジョーのその後の話をしよう金と銀の紙とボトルでできたトロフィー》の一首は、施設の子供たちから、坂本博之に贈られたトロフィーのことである。
綿田友恵がジムの扉をノックしたのは、二〇二一年二月。

扉を開けた瞬間だった目の前にブルーの海の四角いリング

鮮やかな措辞である。入門してから三年、小兵ながら機敏な動きは、目の肥えた老練のジムメートたちの感心するところではある。

乱雑に並んだシューズ、グローブとサンドバッグと血と汗の夢
母が頸打たれる音を聞きながら男はすべて滅べと思う
殴られて仰向けに見た網戸越しスローモーションで過ぎていくカブ
殴るのは遠く故郷の病院のベッドの父を許さないため
「翼の会」ボランティアしていた父は　飛び立つことなく生涯無職

人の背丈より大きく肉の重さをずっしりと湛えたサンドバッグに向かう時、グローブで叩く打撃音が、さまざまの記憶を呼び醒ます。それは、父が母を打つ記憶を、眼前に呼び戻す。働かない父に代わって、女ながらに今朝もバイク（ホンダ・カブ）に跨がり新聞配達に精を出す母よ。母さん、私も父に殴られて仰向けに倒れたことあったよ。肉のずっしり詰まったサンドバッグを叩くのはお父さんを打つためだよ、母さん。

3

日曜日の夕刻、練習を終えて一緒にジムを出た。この三年、ジムで綿田に出会うことは滅多にない。日曜を除き、練習時間が違うためだ。親しいジムメートから、冷やかしの声がかかった。道灌山を背にした西日暮里のガード下は、居酒屋、パブ立ち並ぶ繁華な一廓。普段ジム通いはバイクだが、今日は、格別、話を聞き出さなければならない。私はバッグから汗に濡れたメモ帳を取り出す。寡黙な綿田が、遠慮がちに話し始めた。酒杯を鉛筆に代え、要点を書き記してゆく。

父は酒造で名高い安芸津町三津の人、晩婚の母も同じく三津に生まれた。母の実家は富裕な石材店。丹後から移住した祖父が一代で築き上げた店だ。父は建築業の二代目、晩婚の母は見合いの席で、高倉健に似た父に一目惚れした。安芸津町三津の借家は花嫁道具で一杯だった。しかし、父は働こうとはしない人であったのだ。持参した金も使い果たし、思案に暮れた母は、父の生家に駆け込んだ。父の父もすでに廃業、いまは病に伏せ、父の母が働いて日銭を稼いでいる。

父の母、すなわち綿田の祖母は母に、こう言ったという。あんたが働きなさい。私もそうしています。やむをえず母は実家の石材店で働く。ほどなく姉が生まれ、二年後に綿田が生まれた。石材店で働きながら、朝の仕事を探した。母が選んだのは、新聞配達であった。毎朝二時に起床、星空の下をバイクを走らせ三津の営業所へ向かった。読売、朝日、毎日、日経、それに「中国新聞」などの地方紙を区分けし、配達分をカブの荷台に積み込むのだ。激しい風雨の日も、一年無休の毎日だ。そんなある日、父は脳梗塞で入院。綿田がまだ幼かった日の記憶だ。早暁からの新聞配達、朝食の用意が済むと実家の石材店へ向かった。母の労働が、父と姉と家族四人の生活を支えた。

悲しみは他人事みたいに遠くって雪の降らない海沿いの町

西日暮里の改札口で別れた。鶯谷までの二駅、妙にこの歌が心に沁みた。二百首ばかりに纏められた歌集稿を読んではいたのだが、そんな立ち入った家族の事情を私が、知る由もない。綿田友恵が抱えている悲しみは、ダイレクトな悲しみではなかった。働かない父、言い争いの絶えない家、追い詰められた父が、家長としての威厳をせめて保つためには、大声を上げるか、手を上げるしかない。同時にその手は、理不尽な妻や娘を叩くことしかできない自身を殴っているのだ。それを知る母であった。

母はじっと耐え、二人の娘のために早暁から働き続けた。大学の学費も、すべては母の労働による、と聞いて思わず熱いものが込み上げていた。

そう、ダイレクトな悲しみなんかではない。日常化されてしまった悲しみ……、だから「悲しみは他人事」のように遠いのだ。

帰宅すると私は、電話を入れた。私が手にした歌集稿にはない、父、母を歌った作品を胸を張って作れ、再度歌稿を編集せよ。それは、いまという時代が最も必要としていることであるのだ。

刺すように言葉を投げたあといつも言えないでいるごめんねがある

悲しみを濾過した、この人の優しさがこんな歌を作らせたのか。このように深く切ない母との紐帯を私は知らない。この数十年私は、崩壊してゆく家族を何十となく見てきた。遺産をめぐるトラブルなど、理由はさまざまである。さまざまな事情はさておき、言えることは子供たちが、父を父と思い、母を母とは思っていないことにある。「敬う」はさて置くとしてもだ。

死の現場は、さらにうそ寒いものだ。少し前まで、「直葬」という言葉さえ、この世には存在しはしなかった。施設という姥捨て山が、すでに社会制度に組み込まれてしまって久しい。

泣かぬことを教えてくれし母といて深海の底のごとき自動車

綿田友恵の歌に私が感動するのは、そのためである。母を敬い、父を恕そうとするこころの温かさと、慈しみのその深さである。

4

日を置かず綿田が編み直した歌稿を目にした。

アスファルトに硬く孤独な音ひとつ声も上げずに蟬は夜死ぬ

集中の秀逸、この慄然たる孤独を見よ。あゝ、綿田友恵は改めて広島の人である、という感慨を深くした。

爆心地から三十一キロその朝《あした》、洗濯をする祖母が見た雲
安芸津町警防団の一員として見たものを祖父は語らず
陽炎の立つ線路沿いケロイドのかおもつ人の日傘の白さ
蛆虫のおかげで私は助かった腐った肉を食べてくれたの

被爆者手帳使わぬ祖父は国からの補助さえ生きる恥とするらし

綿田友恵の祖父（四十五歳）が、安芸津町警防団の一員として列車に乗り込んだのは八月六日午後五時、途中列車は、海田市駅で不通になり団員たちは徒歩で被曝地へと向かった。

祖父の体験は母の体験である。母は、父の体験を娘に伝えた。安芸津町から広島市内までの距離は車で五十キロという。直線距離にすれば、その距離は更に縮まる。放射能に曝された祖父は、自身が目撃した阿鼻叫喚の在りさまを生涯語ろうとはしなかった。「アスファルトに硬く孤独な音ひとつ声も上げずに蟬は夜死ぬ」の一首は、祖父の体験の結実であろう。

海上にいま撃たるると大叔父は蒼き顔もて玄関に立つ
戦時中は汽車の窓閉め行きすぎた地図にない島　ウサギは飛びぬ
イペリットという名のガスに眼球を歪めて死んでいた子の写真
デモ隊も異郷のひとも静まれり一分間でまなうら燃える
顎《あぎと》より汗したたりてわが頬に痕を残した冷たい花火

一首目は、戦死した大叔父。祖母の弟、母の叔父である。二首目は、戦時中、毒ガス製造工場があった竹原市大久野島を歌ったものか。四首目は、毎年八月六日に開催される平和記念日（原爆記念日とすべきだろう……）の式典を歌ったもの。そう、投下時刻の午前八時十五分、原爆死没者慰霊碑前で人々は一分間の祈りを捧げる。「一分間でまなうら燃える」に、広島生まれの作者はどのような想いを託したのであろうか。「顎《あぎと》より汗したたりてわが頬に痕を残した冷たい花火」は、集中の秀歌である。

5

私から遠ざかりゆく父の背の　見知らぬ老いが自転車を漕ぐ
単線の窓から我が家が見えるとき参観の日の母面映し
自ずから伸びるにつれて狂いゆく燃え立つゴッホの糸杉の父
ついにひとりの友さえもたずわれの名を友と名付けてふたりは老いる

過ぎ去っていった歳月を思う。故郷の老いてゆく父、母を思う。少女期を思う。授業参観の若き母が見える。自ら噴出する怒りに遣り場を喪い、ゴッホの糸杉となった父。生涯を放恣に流れ続けた父、生涯を脇見もふらず働き続けた母。そのために、私の名を「友恵」と名付けた以外に、友さえもたずにきてしまった父、母よ。

砂利道のカーブの続く下り坂で「諦めようか」と母の声する
故郷から届く手紙は破らない便箋のうえで破れた言葉
戦争と祖父の話を聞けぬまま父さんは父さんでなくなる
お父さん、私ボクシング始めたよ　脳が揺れるほど殴ってみたい
娘として過ごした庭は遠く在り父の脳《なずき》にみのる梅の実
呼吸器に繋がれ薄く目をひらく「また会おうね」と思わず言った

時間はすべてを融和し溶解してゆく。父は父として帰ってきたのだ。これまで頭では父を責め続けて来たけれど、心はそうではなかった。ボクシングジムへ入門したことを、歌で告げようとする綿田友恵が愛

おしい。心は時に嘘をついても、その底に流れる真心という心は嘘をつかない。呼吸器に繋がれ、いまわの息をしながら死んでゆく父に、「また会おうね」と思わず言ってしまった。
一昨年の十二月、母の歳より若い父は七十五歳だった。

終章「青崎さんの家」は、蔵のある旧い家で、母が苦労して買った家だ。綿田友恵は小学校二年から、上京し大学に入学するまでこの安芸津町木谷から小、中、高等学校に通った。しかし、その家は、青崎さんという以前の持ち主が縊死した家であったのだ。
母がその事実を知るまで、十年もの歳月が経過していた。

配達に出て行くカブのエンジン音寝たふりをして聞いていたんだ
新聞の配達終えて立ったままコーヒーに大福食べている母
夾竹桃の濃き桃色の花咲いて高々鬼の校庭のすみ
一紙ずつビニールかけているだろう母の帰りの遅い雨の朝
サンタクロースが一度だけ来た父さんに煙草　私に赤い鉛筆

この家に、サンタクロースが一度だけやって来たことがある。赤鉛筆で三重丸をくれるために、橇にではなくカブを駆ってである。

あとがき

五月に歌集を出そう。そう決めたのは、前年の十一月のことでした。そこから今まで詠んだ歌を整理する作業を始め……る作業は遅々として進まず、やっと二百首の短歌を選び終えたのは、三月の末になってからでした。月光の会主宰の福島泰樹先生に歌稿を見せると、こんな言葉が返ってきました。

「十日で百首つくりなさい。」

そこからが本当の意味での歌集づくりの始まりでした。

テーマは自ずと〝家族〟になりました。自分が今まで繰り返し詠んできたテーマです。新しくつくった歌では、記憶の隅に追いやって、ほとんど忘れたようにして過ごしている、具体的な事柄を詠みました。

そうしてまとめた二百首に、新たに初期の作品を加えた二百三十一首を収録しています。日本大学芸術学部文芸学科在学中に江古田短歌会で発表したもの、それか

逆編年体でまとめていますが、連作の中には作歌時期の違うものもあります。

歌集のまとめ方がわからない私に貴重なアドバイスをくださり、この上ない跋を書いていただいた福島泰樹先生には一番に感謝いたします。

また、みたらいギャラリーの田中佐知男さんは突然訪ねて行ったにもかかわらず、快く作品を装幀に使わせてくださいました。柿本萌さんは赤鉛筆と波、故郷と過去を素晴らしい解釈で新鮮な装幀にまとめてくださいました。時に叱咤激励しつつ、進行してもらった皓星社の晴山生菜さんにも感謝いたします。

最初に歌集をつくると宣言してから八年も経ってしまいました。その間に、他界された短歌仲間もいます。申し訳ありません。でもやはり、このタイミングだから出せたのだと思います。月光の会の皆さん、短歌を通じて出会った方々、本当にありがとうございます。

綿田友恵

二〇二四年五月一日

綿田友恵（わただ・ともえ）

1984年5月6日生まれ、広島県出身。日本大学芸術学部文芸学科卒業。福島泰樹主宰「月光の会」所属。

月光叢書Ⅴ　赤鉛筆、父、母……。

2024年5月19日　初版第1刷発行

著　者　綿田友恵
発行所　株式会社皓星社
発行者　晴山生菜
〒101-0051　東京都千代田区神田神保町3-10
Tel. 03-6272-9330
e-mail　book-order@libro-koseisha.co.jp
https://www.libro-koseisha.co.jp/

ブックデザイン　柿本 萌
印刷・製本　精文堂印刷株式会社

落丁・乱丁本はお取替えいたします。定価は表紙に表示してあります。
ISBN978-4-7744-0830-9 C0092